Nishi Miwako Totteoki SENRYU Selection

西美和子の
とっておき川柳傑作選

年のせい
思いに
からだ
付いて
来ぬ
化けそうな
猫と
舟こぐ
日向ぼこ

NHK関西ラジオワイド
「とっておき川柳」より

新葉館出版

はじめに

西　美和子

ＮＨＫ関西ラジオワイドは、ラジオというメディアの速報性、機動性を生かした地域密着のニュース、情報を的確に伝えると共に、聴取者の方々の参加による双方向性を目指し、より身近な「生活情報波」としての役割と機能を持つ番組として発信しています。放送は月曜日から金曜日、16：05～18：00（ラジオ第1、666Ｈｚ）16時台の後半は、「とっておき川柳」のコーナーがあり、現在は金曜日に生放送中。

前任のやすみりえさんが東京に事務所を移られるということで、後任として私がお引受けする事となりました。

制作の棚橋克之さんと小林恭子さんとは、最初から十年余のご縁をいただいています。棚橋さんと初対面の時、「私は前任の方のように美人でもなく、標準語も喋れませんが、よろしいのでしょうか」とお聞きしたところ、「あの方は、タレントでもありますから」とおっしゃって「言葉も関西弁が出てもいいですよ、関西の番組ですから…」と言って下さったので安堵しました。

「そうだ、私はタレントでは無い」と自分で納得しました。

お引受した当時は、入選句数9句で、放送時間も7分ぐらいでしたが、その内に投句数も当初の6倍程に増えてきました。

以前の投句は、ハガキとファックスのみでしたが、今ではネット投句も多くなり、パソコンで、全国ネットラジオを聞いていていただけるようになりました。そのお陰で、「こんな番組が有ったとは知りませんでした。」と遠方からも投句をいただけるようになりました。そして毎週のように初投句者がいてくれる事は、とても嬉しく、私の励みになっております。

入選句数も9句から24句になり、時間も以前の3倍くらいにしていただきました。これも投句者の御蔭様です。

私は決して川柳の先生では有りません。

このように、川柳の裾野を広げて行き、川柳で人生を楽しんでいただく事が、私の使命だと思っています。

目次

はじめに……3

とっておき川柳入選作品

ほっこり……10
拾　う……14
新しい……18
ぜいたく……22
うきうき……26
NHKとっておき川柳10年の歩み①……30
客……32
開　く……36
すっかり……40
ストレス……44
恐ろしい……48
NHKとっておき川柳10年の歩み②……52
諦　め……54
自　慢……58
たまご……62
ぎらぎら……66
走　る……70
NHKとっておき川柳10年の歩み③……74

エッセイ

伯父・長野文庫とラジオ川柳と……76
夏祭り……78
ふるさと……82
あせる……86

空……90
遊ぶ……94
NHKとっておき川柳10年の歩み④……98
細い……100
秋風……104
けんか……108
べっぴんさん……112
NHKとっておき川柳10年の歩み⑤……116
もみじ……118
プライド……122
雪……126
気ぜわしい……130
NHKとっておき川柳10年の歩み⑥……134

傑作選に寄せて……137
関西ラジオワイド 番組責任者 棚橋 克之
キャスター 斉藤 弓子
石倉 美佳

あとがき……141
人名索引……巻末

カバーイラスト／円山忘去・森岡富子
本文イラスト／円山忘去

※本書は選者開始から十年を節目に二〇〇五年から二〇一六年までの入選作品で構成しました。

内緒だが諭吉は饅頭より怖い

とっておき川柳傑作選

こたつより暖かかったうちの三毛
柴本ばっは

ほっこり

1月29日放送

目覚め前夢にほっこり赤い富士

小原　克治

イートインほっこり出来る場所が増え

門真のたびじゃこ

褒められた言葉ほっこり胸の奥

佐々木弘子

ほっこりと笑顔に笑顔返してる
辻部さと子

ほっこりのじゃがいも体しみてくる
二村　厚司

リストラを抜けた息子と旅予約
春木　一恵

しょうが湯になぐさめられて一人咳
たくみ

吸い込んだ光の匂い干し布団
円山 忘去

水仙が咲いてほっこり春はそこ
枯葉

拾う

2月5日放送

つまずいて思わぬ花の種拾う

円山　忘去

ヘソクリを拾得物と妻笑う

鈴木　信輔

いらないと捨てた思い出又ひろい
富　香

タクシーを拾うつもりの三次会
森田　岑代

笑い袋拾い命のリフレッシュ
辻部さと子

スリッパに拾われちゃったごはん粒
稲原　節子

サクセスよりミスだけ拾う評論家
升田　博之

鈍感で無垢のシグナル拾えない
田中由美子

欲しかったけど諦めた粗大ごみ

千田　祥三

拾われた犬が僕より高い服

松岡　篤

落葉炊き焼き芋拾うタイミング

ガンコモ

新しい

2月12日放送

老齢化新設増えるケアハウス

脇本須賀子

治ったらまたも新種の風邪もらう

荻野　浩子

和たんすの肥やしが長いしつけ糸

内藤　光枝

新しい時は目くじら立つ汚れ

稲原　節子

初しごと旦那まな板カンナ掛け
昭和の古屏風

新春から裾が絡まるにじり口
富田やす子

どの店が鮮度いいかな電力は
山下 雅子

買い替えた財布と諭吉入れ替わる
久嶋　栄雄

懐かしい人に会うよう新芽出る
枯　葉

新しい物がいいとは限らない
森田聡一郎

ぜいたく

2月19日放送

痩せたいとタクシー乗って行くエステ

河合　陽子

麦飲んで米芋飲んで二日酔い

多川　義一

本マグロトロの所が特に好き

小原　克治

バタンキューと眠り遠慮のない暮らし

内藤　光枝

アメ玉じゃ今の子供は動かない

増田　直子

贅沢な暮らし犬まで医者通い

國樹　清子

ぜいたく病医者の見立てに首傾げ

梶原　弘光

贅沢に馴れて梅干し見失う

早乙女忠司

豪邸に住んでみたいな三日程

われもこう

贅沢な介護はお金より心

松岡　篤

うきうき

3月4日放送

精検に浮き浮きプラン無くされる

南　新子

おにぎりが笑う桜も大笑い

山下怜依子

ウキウキを演じ細胞まだ元気

目方スミ子

初めての都をどりへ一張羅

土井　智子

車いす停めてもらって桜吸う
ひっつき虫

宝くじ千円当たり何買おか
駒居　春子

もう会えるもうすぐ会えるターミナル
多川　義一

五線紙に這い出した虫踊る春
原田　正士

コート脱ぐだけでウキウキしてしまう
佐々木弘子

ウキウキも瞬時に飛んだ試着室
富田やす子

2005年

兄弟の風邪に母の手休まない　武智　三成（休　む）

相合傘あやしい恋が肩を寄せ　北川ヤギエ（傘　）

食べ物の恨みは怖い夫婦でも　鈴木　信輔（食べる）

風邪引かぬように財布に五円玉　梅村荘八郎（風　邪）

おふくろの智恵ＩＴを飲み込めず　岩本　京子（の　む）

忙しい聞けばうなずくランドセル　金子スヱ子（忙しい）

せっしょうな時間通りにバスが来た　牧浦 完次（時間）

喝采のあとに虚しき花筏　琴線 歌（花）

花言葉解かった時は遅かった　佐竹 久子（花）

オーイお茶自分で入れて跳ね返る　藤井満洲夫（声）

日の丸を背負うと力むマスメディア　鈴木 栄子（オリンピック）

太夫から美は足からと練り歩く　嶋 健之祐（そろそろ）

2006年

客

4月1日放送

客の愚痴食べて女将が肥えていく

吉川　勇

兄だけがお帰りと言う里がえり

正信寺尚邦

普段着で行きます今日は焼肉屋

柴本ばっは

式典のゲスト顔だけ見せに来る

佐々木弘子

来客用高級グラスだけ割れる

千田　祥三

しびれ肩こり津波のようにくるゲスト

富　香

レンタルの布団で済ます泊まり客

土井　智子

とんぼりのたこ焼きアジア系ばかり
梶原　弘光

CTにゲストですのと横たわる
笹川　恭子

掃除して待てどゲストが雨蛙
富田やす子

開く

4月22日放送

胸襟をひらいて友に裏切られ

富　香

全開の胃から飛び出るピロリ菌

昭和の古屏風

開帳と聞けば会いたくなる仏

内藤　光枝

お開きは皆がクスリを飲んでから

江森ミチ子

凡人に開花うながす褒め言葉
田中由美子

玉手箱ひらいてもよい歳となり
榎本　博之

丁重に開きフーンでまた包む
升田　博之

保育園やっと入れた五歳です
谷川ユミ子

耐えて耐えて耐えてひとつの花ひらく
早乙女忠司

預金高分け隔てなく自動ドア
春木 一恵

すっかり

5月6日放送

嫌なことすっかり脱いで前を向く

久嶋　栄雄

青虫のゲップ木ノ芽は丸坊主

山下　雅子

いい嫁でいることやめて楽になり

鈴木真理子

きれいになったねイヤリング贈るね

駒居　春子

健忘症すっかり認知症にされ
中井　實

三日居て孫はすっかり河内弁
松岡　篤

ガラクタをすっかり返し恋おわる
乙野　雅之

時間など忘れて遊ぶ秘密基地
高村　史夫

だまされたふりがすっかりだまされた
堺の雅子

就職の孫別人の顔で来る
石田かね子

ストレスでスマホに依存してしまう
大塚　久子

ストレス

5月27日放送

走り梅雨欲求不満たまる犬

円山　忘去

ストレスで叩かれ布団悲鳴あげ

江森ミチ子

ストレスの破裂夕食豪華版

柴本ばっは

ストレスを大空に吐く菜園日
安宅 和恵

ストレス無い人の周りは皆胃痛
山下 雅子

気が付いてほしくて蛇口みがき上げ
駒居 春子

ストレスをぶつけてこねたパンの味
木村　俊博

ストレスをネオンで洗い高くつき
増田　直子

ストレスを感じるうちはまだ軽い
寺村やよい

恐ろしい

6月3日放送

胃カメラに豆粒程と聞く恐怖

田中由美子

仕方なく高くて恐い治験薬

昭和の古屏風

一生で情とハンコがおそろしい

山根　正

金貸してからおそろしい人にされ

亀山　緑

ゆうれいも人間界は度胸いる

吉川　勇

恐ろしや上下左右はイエスマン

升田　博之

カビ生えて何かわからん残り物

河合　陽子

モデルガンどきっとさせるおもちゃ箱
鈴木ひさ子

ハンドルを握る米寿の手の震え
萩原　弘一

親方の叱る声したフグ料理
榎本　博之

2007年

野良じゃない野生のネコと呼んでほし　正信寺尚邦（まけおしみ）

生む前に分かり楽しみちょっと減り　榎本博之（たのしみ）

そっとしてあの日のことは忘れたい　原口茂子（めいわく）

隣から歌が上手いと苦情でる　鈴木信輔（やかましい）

ストーブの芯を縮めて風邪を引き　樋川眞一（もったいない）

起きてたらほんまにサンタ来えへんで　堀川功（夜）

バス降りて忘れた杖を追いかける
井西　康郎（元　気）

デジカメの一部消すのを全消去
杉谷　和雄（うっかり）

ネガティブな気持の根っこ蹴っとばす
堺の雅子（コンプレックス）

悟り得る一に健康二にお金
高橋太一郎（元　気）

イベントに来てもメールとゲームする
山根　正（イベント）

さっきまであれだけ愚痴りもう寝てる
榎本　博之（あきれる）

2008年

諦め

6月10日放送

ダイエットあきらめ気分軽くなる

岩本　京子

iPS諦めません待つ患者

富永　茂

試験前それでもスマホ離さない

駒居　春子

汚れても燕が巣立つまで耐える

円山　忘去

あーこわと言って値札を見て回る

高村　史夫

あきらめたらアカン茶柱ツンと立つ

柴本ばっは

いらいらと縺れた糸に裁ち鋏

千田　祥三

期待せんときこんなもんやで夫婦って
原田　正士

我欲捨て名も捨て気分山頭火
指方　宏子

好きで別れたから諦めきれない
河合　陽子

自慢

6月 17 日放送

耳も目も元気ですよと同じ齢

船岡捨次郎

紫陽花の自慢の色は何だろう

鈴木　信輔

川柳は私の命尽きる迄

いなみ野福ちゃん

自慢かなネット携帯やりません

森田聡一郎

旅自慢羨むように聞いてあげ

亀山　緑

過去形の自慢話は鼻で聞く

安達三八子

まぐれですたまたまですと自画自賛

藤塚　克三

無一物自慢はひ孫15人

八木喜美香

いい人生だったと自慢いまのうち

昭和の古屏風

ジャパンアズナンバーワンウォシュレット

原田　正士

たまご

6月24日放送

食材を仲良くさせる卵とじ

森田　岑代

目玉焼き丹下左膳でスミマセン
正信寺尚邦

年取れば金の卵もそれなりに
安達三八子

料理人卵たまごでしごかれる
梶原　弘光

数の子よまた正月に会いましょう

松岡　篤

痛風に謝りながらウニ・イクラ

原田　正士

母から子へ昭和色した玉子焼

木村　俊博

なんたって炒り玉子なら9秒さ
あまえんぼうはおばあちゃん

卵生む機械にされて恋知らず
萩原　弘一

エコー像感激させる命の芽
稲原　節子

ぎらぎら

7月1日

ギラギラの野心を隠すエエ氏の子

江森ミチ子

ギラギラにメークしている斬られ役
梶原　弘光

ギラギラのネオンと別れ早や五年
久嶋　栄雄

闇の目がギラギラしてるネットの世
稲原　節子

ウナギ屋の団扇ギラギラ夏を焼く
多川　義一

かたつむり足跡残す梅雨晴れ間
澤山よう子

氷上にぎらぎら削る演技力
嶋　健之祐

団体の客はぎらぎらみな女性
辻部さと子

金属やガラスでばれたカラスの巣
河合　陽子

骨にまでシミをつけそな紫外線
岩本　京子

走る

7月8日放送

脱ぎ捨てたシャツの形が走りそう

増田　直子

ジャンボ機の助走見ている三輪車
安達三八子

ピンヒールで走った足にガタが来た
山下　雅子

イナズマが牛歩の杖も走らせる
三好　文明

慣れが怖いテロップ走る震度3
原田　正士

追いかける気になる前の背が見えて
星のブランコ

自分では野次馬でない気で走り
樋川　眞一

終活を楽しむゆっくりと助走
荻野　浩子

竜巻が高速で舞う恐ろしさ
脇本須賀子

アクセルを踏んで明日の風になる
岩本　京子

2009年

気晴らしに出かけた先で会う上司　夢　庭（ストレス）

レシピ通りにレシピ通りの味つくる　田口　和代（まじめ）

弁当に喧嘩の残り詰まってる　日方スミ子（弁　当）

反抗期何を聞いてもまあまあや　河合　敏夫（まあまあ）

間が持てず話題を探す間の悪さ　井西　康郎（さがす）

清流に落とした愚痴が澄んでゆく　小田千津代（落とす）

ほんまやで直接聞いてないけれど　石丸美砂子（うわさ）

海鳴りを聞いてる背開きの魚　荻野　浩子（ひらく）

団らんの灯車窓から見て赴任地へ　雨森　茂喜（窓）

混んでいる方が落ち着く立ち飲み屋　松岡　篤（混む）

けがをした友を案じる秋の風　松本あや子（怪我）

オール電化軽いお鍋が使えない　俵谷　充乃（鍋）

2010年

伯父・長野文庫とラジオ川柳と

私が川柳を始める切っ掛けをくれたのは、伯父・長野文庫でした。文庫は、明治二十六年に生誕し、平成元年に八十六歳で他界しています。

愛媛県今治市に居し、生前は川柳塔社参事、汐風社会長、愛媛県川柳連盟副会長等その他沢山の肩書を持っていました。昭和五十八年には文部大臣表彰も受けています。

以前、川柳塔社主幹であられた西尾栞さんから、「あなたは、いい伯父さんを持って幸せですね」と言われた事があります。

そんな伯父に「私の川柳の先生になって下さい」とお願いしたところ「川柳に先生は要らない、川柳はセンスだ」と言われました。

その代わり入門書を送ってくれて、これをしっかり読んで、多読、多作し新聞投句を勧められました。私は熱心に多作し、駄句を伯父に送ると、良い句にだけ○がしてあって、何の添削も無かったのです。それでも○の句を見て自分で考えろ！　というやり方は私にピッタリでした。しかし、私が川柳を始めてすぐに、病気入院となり残念な事となりました。

文庫は、前田伍健と共に松山のラジオ局で川柳選評をしていたと聞いています。私が今、ラジオ川柳選評をさせていただいておりますのも不思議なご縁があるものと感謝するばかりです。

この「とっておき川柳」にご縁を下さった木津川計氏と田頭良子さんのお二人に心から感謝を申し上げたいと思います。

そして十年余りもお付合い下さった、キャスターの斉藤弓子さん、石倉美佳さんお二人の美しいお声に助けられています。

現在の男性アナウンサー・山田朋生さんも、前任の大山武人さんと同様に、ご自分で川柳の作句をして下さっています。その他スタッフの皆様方もとてもホンワカとした雰囲気を作って下さっています。ありがとうございます。

まるで最後のご挨拶のようですが、番組はまだまだ続きます。

どうぞ今後共ご投句を宜しくお願い申し上げます。

私は今、番傘川柳社の傘下におりますが、伯父は「柳社は何処であろうと、川柳の心は一緒だ」と申していました。

ラジオを通して、一人でも多くの人が、川柳に親しみ楽しまれるようになれば幸いです。

夏祭り

7月29日放送

夏祭り昔ばかりが踊ってる

増田　直子

寄付リスト目立つ所に夏祭り
竹田りゅうき

親離れ友達と行く夏祭り
松岡　篤

漁師町海に飛び込む夏祭り
柴本ばっは

夏祭りくまモン踊る募金箱

多川　義一

宿題を平らげ行くぞ祇園さん

森本　憲明

イカ焼きの匂い夜店の群れの中

荻野　浩子

買うてもた夜店でビール500円
星のブランコ

旧姓に戻った人と夏祭り
山口　しづ

長刀が梅雨を両断夏あける
三好　文明

ふるさと

8月5日放送

空港で待ってる祖父とお盆玉

山下　雅子

ふるさとへ龍のうねりが続く道
木村　俊博

ステーキをふるさと納税でゲット
大塚　久子

ふるさとの言葉になって明日帰る
雨森　茂喜

きのこ雲悪魔じゃけんね人を喰う
あまえんぼうはおばあちゃん

躓くとなぜか恋しい里の居間
仲村　周子

星が無い生まれた家で連れが言う
戎　迪世

ほおずきを鳴らして昔よびもどす
谷川ユミ子

守りぬく我が古里は千枚田
富永　茂

ふるさとのような人好きになりそう
河合　陽子

あせる

8月19日放送

後一歩焦る球児に休心日

井上　文衛

高速で給油ランプが光り出す

鈴木真理子

黒い雲中州であせる魚釣り

多川　義一

あせるなよ日にちぐすりというじゃない

内藤　光枝

まちがいに気づいて汗がどっと出る

富　香

寝坊してゴミ収集の音を聞く

河合　陽子

草ぼうぼう明日のお客はきれい好き

山下　雅子

末っ娘の縁談姉が焦りだし

畑中ひろ美

夏太り焦らす秋のファッション誌

仲村　周子

あせっても夏大根は煮えにくい

戎　迪世

空

8月26日放送

ご来光空を従え唸らせる

南　新子

泣けばまた夕焼け空はより赤く
河合　陽子

この空は宇宙のちょっとだけのショー
星のブランコ

空は好き誰の味方もしないから
谷川ユミ子

渇水も洪水も無い空祈る

円山　忘去

夏の空ビールの泡に見える雲

久嶋　栄雄

胡弓の音夜空震わす風の盆

原田　正士

建売りと一緒に小さな空を買う
樋川　眞一

空さんよ留守の水まきたのんだよ
新居　とも

豪雨禍と炎天禍空真っ二つ
坂上　淳司

遊ぶ

9月2日放送

極楽で遊ぶ余力は残します

昭和の古屏風

出張のカバンに羽根がはいってる

高村　史夫

一軒でエンドに出来ぬ回遊魚

竹田りゅうき

まだ女お目々が遊ぶ着物展

安達三八子

遊んだろか碁敵嫌な誘い方

浅野　一

ピンポンと卓球との差リオ五輪

千田　祥三

遊ぶなら許すが本気なら逃げる

辻部さと子

魂に宇宙遊泳させて呑む
円山　忘去

遊んでる機械も油さしておく
石田かね子

これだけ暑いと遊ぶのもしんどい
雨森　茂喜

2011年

誇りすてほこりまみれで仕事する　内藤　栄治（ほこり）

忘年会忘れるものを仕分けする　澤山よう子（忘年会）

内緒だが諭吉は饅頭より怖い　円山　忘去（こわい）

生き甲斐にしたい茶筅の重みしる　亀山　緑（あこがれ）

これだけの酒で忘れろいわれても　雨森　茂喜（忘年会）

エンディングノート書かなあかんが書きとない　大川すま子（ノート）

えびす顔すんなり生きた訳でない　富田やす子（顔）

憧れの大人になって迷いだす　吉川　勇（おとな）

思い遣り出来る頃にはされる側　浅野　一（思いやり）

雨宿り虹が結んだ赤い糸　坂本　星雨（運）

すりへった分と思い出反比例　原田　祐輔（靴）

弁当を覗きにトンビやってくる　一川　伸生（お弁当）

2012年

子が継がず良かった自営先細り

星のブランコ

細い

9月9日放送

チーム不振監督の身の細る秋

円山　忘去

対向車来るな来るなと崖の道

竹田りゅうき

ヤツレタと言わずスリムと労われ

安達三八子

三日月が大空に描く細い眉

浅野　一

新婚の写真が証拠細かった

嶋　健之祐

日本中濁流と化す細い川

指方　宏子

こう見えて神経だけは糸トンボ
河合　陽子

風は秋弥勒菩薩の細い指
荻野　浩子

サンマには細いウエスト似合わない
高村　史夫

秋風

10月7日放送

湯の温度二度上げ夏をおしんでる

松本　鈴子

秋風にページめくらせ昼寝中
児玉　暢夫

秋風が夏の痛みを撫ぜてゆく
田中由美子

散歩道ムシ鳴く秋の風を踏む
畑中ひろ美

エンゲル係数すっと上げます秋の風
原田　正士

雲の絵を描いて流す秋の風
駒居　春子

秋風にほっと柘榴も笑い出す
春木　一恵

秋風に逢う指切りの友が逝く
安宅　和恵

オートファジーさっと広めた秋の風
稲原　節子

台風キライやさしい秋の風が好き
柴本ばっは

口喧嘩さりげなく置く山葡萄

一人居のみよちゃん

けんか

10月14日放送

仲裁に入った人がミスキャスト
梶原　弘光

俺の松から出た松茸と喧嘩腰
藤塚　克三

本当に怖い喧嘩は無言劇
千田　祥三

むこうから謝ったらがもう十日

山下　雅子

胸に棲む仏と鬼がようもめる

大塚　久子

近頃は恋も喧嘩も指の先

富田やす子

金持ちはわずか5円で喧嘩する
原田　正士

仲直り握手痛いとまた喧嘩
吉川　勇

ケンカした寝てるあなたにアッカンベ
寺村　弥生

べっぴんさん

11月4日放送

ベッピンさん言われて照れる焼いた芋

星のブランコ

心臓が踊る会釈とすれ違う

吉川　勇

べっぴんがべっぴんのまま杖ついて

松岡　篤

お下がりも四つ葉刺しゅうでべっぴんに

山下　雅子

この魚べっぴんさんや買うときや
富　香

伝統の技に別品和紙かばん
嶋　健之祐

別品ばかり取り寄せお腹丸くなる
魚住　幸子

田舎では小町の五指に入ってた

正信寺尚邦

月行きの切符買うたらなんぼかな

梅谷　龍雄

ことことと土鍋で煮込む妻のジャム

坂上　淳司

2013年

残業の優先車輌出来ないか　船岡捨次郎（ぐったり）

贅沢にやれやれと言う御中元　柴田　園江（やれやれ）

欲ばると普段の幸が崩れゆく　戎　迪世（欲）

太古からおしゃべりしてる星の声　玉山　智子（声）

義母と嫁洒落では済まぬことも言い　萩原　弘一（しゃれ）

親友でもういられないあの女性　宮下がんこ（ともだち）

音大を出てカラオケは苦手です　早乙女忠司（うたう）

贅沢は敵だと今は医者が言う　浅野　一（ぜいたく）

空腹の時こそわかる上品さ　松岡　篤（上品）

逃げ道をつくっておいたにげろ癌　柴本ばっは（逃げる）

気にいった靴に妥協をしない足　辻部さと子（靴）

隠すほどでもない返信保護シール　河合　陽子（ハガキ）

2014年

もみじ

11月11日放送

有料の寺社の紅葉はより赤い

星のブランコ

雲海の晴れてもみじの上にいる
吉川　勇

鞍馬行き電車ゆっくり夜もみじ
門真のたびじゃこ

湖に秋を知らせる紅葉鮒
星川　悦子

掻いたげるじいちゃんの背にモミジの手

魚住　幸子

未練持つもみじ葉風に立ち向かう

鈴木ひさ子

乳歯生え慣れぬ歯ブラシもみじの手

田中由美子

ぼんさいのもみじ少女の様なほほ
樋川　眞一

全山の紅葉湖が燃える
大塚　久子

金色の並木吹く風ボブディラン
円山　忘去

プライド

12月2日放送

半額のシールは見えぬように捨て

岩本 京子

商いのノレンにかけて意地通す
南　良知子

プライドに付いたホコリを煤払い
児玉　暢夫

プライドに従い蹴った椅子もある
田中由美子

職人のプライド道具見りゃわかる
樋川 眞一

酌み交わす酒でプライド溶け始め
久嶋 栄雄

捨ててみたら傷つくことが何もない
年梅 道子

プライドを連れてマンション上の階
河合　陽子

そっくりさん本物よりもうまい歌
脇本須賀子

三つ子にもプライド叱るにも工夫
山下　雅子

雪

12月16日放送

降る雪が黒かったなら怖かろう

井西　康郎

スキーツアー内緒の罰か雪が無い
田中由美子

取り敢えず雪に埋めとく悩み事
山下　雅子

積もるならいっそ電車の止まるまで
柳原　陽子

露天風呂入りたそうな雪だるま

松岡　篤

廃校の静けさ増した雪の朝

柳原　敏子

庭の雪草も一緒に溶けたなら

稲原　節子

樹の精もジッと耐えてる白い森

柴本ばっは

熱燗を頼んで払う肩の雪

樋川　眞一

ほんのりの雪温かい二人連れ

千田　祥三

気ぜわしい

12月9日放送

せわしいな居留守使おか年の瀬に

西内　楢美

母さんのいつでもええはすぐしてや
年梅　道子

ATM後ろの影が気忙しい
畑中ひろ美

あれこれと指図うるさい電子機器
河内　菜遊

壁ドンで猫も追い出す掃除ロボ
柳原　良彦

散歩にも買い物リスト持たされる
円山　忘去

気忙しい家内の言葉俺テレビ
辻井　博明

いっ時でも悩み忘れる忙しさ　戎　迪世

気忙しい割にできます五七五　富永　茂

気忙しい人といいちにちカニッアー　荻野　浩子

2015年

百点の上にももっと上がある　荻野　浩子（最　高）

旅はいい胸も財布も開けたまま　指方　宏子（　旅　）

ひと言で一枚岩が崩れだす　澤田　凡吉（ばらばら）

福の神来ると思えばバタバタね　鬼　菊（バタバタ）

いつの日か別れた人と乗り合わせ　下野　廣子（うろたえる）

爆買いのバスを見送るゴミの山　村山　佳子（ばてる）

手術の日痛んだ石が消えていた
中道　敏子（びっくり）

手ぶれした写真にボクのシワがない
久米　穂酒（写　真）

吃驚が漢字に有って驚いた
船越　正己（びっくり）

君を守る言った貴方が先に逝き
安本　重子（守　る）

初夏の朝金剛峯のすっきりと
敷島美代子（みずみずしい）

淡淡と身内看取った老いの友
にっこりニコル（感　動）

油照り
犬も一枚
脱がせたい

平熱を
超える気温に
耐えて処暑

関西ラジオワイド番組責任者
棚橋　克之

次回のお題を西先生が発表された後、一時間も経たないうちに早くも新たな投句がメールで寄せられます。週明けには葉書やファックスが続々と届きます。そして金曜日の午後、先生はスタジオ脇のテーブルで熱心に選考を進められます。その時の、あたかも嬉しい知らせを待つ子どものようなそわそわした気持ちは、番組を担当する私のささやかな楽しみです。人生の様々な出来事がユニークな視点で切り取られ、ユーモアや笑いに包み込んでしまう作品の数々。言葉のセンスや表現の面白さとともに、まるで風にゆれる柳のような、しなやかさと強さに打たれます。

十七音の言葉が、喜びや悲しみ、愛情や嫉妬と言った感情の世界をこんなにも軽やかに飛翔するとは。でも自分でも作ってみようと考えると本当に難しいものですね。

西先生とリスナーの方々と共に、今後も川柳の奥深さに触れていきたいと思います。

関西ラジオワイドキャスター

斉藤　弓子

十七音の中にドラマがある!!

これは私が「とっておき川柳」から学んだ事です。お寄せ頂いた作品を拝見していると、そこには作者の生活やこれまでの人生、御夫婦間の力関係（?）なども映し出されている様に感じます。この方はどんなお顔をなさっているのかな?　どんなお仕事をしてこられたのかな?　等々想像しながら読ませて頂くのは本当に楽しい時間です。そして、お題のひとつの言葉から十人十色のドラマが生み出される事に感動してしまうのです。

考えてみれば、句に詠まれた世界・ドラマを頭に想い描きながら味わうというのは「ラジオで川柳を楽しむ」醍醐味かもしれません。耳を澄まして句に詠みこまれたドラマとそのリズムを味わう。何だか贅沢な時間です。と考えると作品を御紹介する際、益々緊張してしまいますが…。などと思いながら皆様からの作品、次回も楽しみにお待ちしております!!

関西ラジオワイドキャスター
石倉　美佳

日頃から言葉に携わって仕事をしていますが、まだまだ知らない言葉、漢字、使い方などが沢山出てきます。それを痛感するのが「とっておき川柳」のコーナーです。五七五の短い作品の中に、季節や風景、歴史、心情、メッセージなど様々な想いが込められていて、皆さんの語彙力や発想力に、毎回感心するばかりです。西さんの選評は、いつも優しく、わかりやすく、身近な生活の話題をそっと投げかけてくださいます。

先日は、番組内で初めて自作の川柳を披露しました。「川柳ができてない！」と、半そでのシャツ姿でつぶやいていている山田朋生アナウンサーを横目に作った川柳です。

　半そでにひやり感じた秋の風

西さんは、いつものコロコロとした上品な笑い声をあげながら、「お上手ですよ」と褒めてくださいました。「あら、楽しい！」とは、私の心の声です。こうして川柳にハマってゆくのかもしれませんね。

子を持って
知った
不孝を
墓に詫び

おわりに

本書はＮＨＫラジオ第一放送「関西ラジオワイド」（月～金・夕方四時五分～六時）の金曜日の川柳コーナーに寄せられた入選句の中から抜粋して編集したものです。

平成十七年六月からスタートし、選者・西美和子とパーソナリティーのお二人が投稿作品を選評、生放送しています。男性アナウンサーは近藤富士雄さんと坪倉善彦さんから始まり、現在の山田朋生《ともき》アナウンサーまで七回も替わられましたが、女性キャスターはずっと斉藤弓子さんと石倉美佳さんのお二人で担当されていてまるで家族の一員のようです。

ラジオ川柳は聞き終われば儚いものです。投句者の方が「入選すれば何か貰えるのですか」と言われた時、そうだ、入選句をまとめて私個人で投句者に感謝の意味でプレゼントをしよう…と思い立ちました。何分にも古い作品の作者の方は住所もわからず連絡できないので、なるべく連絡できる方に限らせていただきました。また、最近はツイッター投句も多く、ご本名もわからない方も多いのでウェブ投句のものに関しましては掲載を見合わせました。あらかじめお断りしてから掲載させていただくように心がけましたが、連絡できなかった皆さまには、佳作として紹介させていただいておりますので何とぞご容赦くださいますよう、お願い申し上げます。

西　美和子

原田　祐輔…99
春木　一恵…12, 39, 106

ひ

樋川　眞一…52, 72, 93, 121, 124, 129
久嶋　栄雄…21, 40, 67, 92, 124
ひっつき虫…28
一人居のみよちゃん…108

ふ

藤井満洲夫…31
藤塚　克三…60, 109
船岡捨次郎…58, 116
船越　正己…135

ほ

星川　悦子…119
星のブランコ…72, 81, 91, 100, 112, 118
堀川　　功… 52

ま

牧浦　完次…31
増田　直子…24, 47, 70, 78
升田　博之…16, 38, 50
松岡　　篤…17, 25, 42, 64, 75, 79, 113, 117, 128
松本あや子…75
松本　鈴子…104
円山　忘去…13,14, 45, 55, 92, 97, 98, 101, 121, 132

み

南　　新子…26, 90
南　良知子…123
宮下がんこ…116
宮田やす子…99
三好　文明…71, 81

む

村山　佳子…134

め

目方スミ子…27,74

も

森田　岑代…15, 62
森田聡一郎…21, 59
森本　憲明…80

や

八木喜美香…61
安本　重子…135
柳原　敏子…128
柳原　陽子…127
柳原　良彦…132
山口　しづ…81
山下怜依子…27
山下　雅子…20, 41, 46, 71, 82, 88, 110, 113, 125, 127
山根　　正…49, 53

ゆ

夢　　　庭…74

よ

吉川　　勇…32,50, 99, 111, 113, 119

わ

脇本須賀子…18, 73, 125
われもこう…25

佐々木弘子…11, 29, 33
指方　宏子…57, 102, 134
佐竹　久子…31
澤田　凡吉…134
澤山よう子…68,98

し

敷島美代子…135
柴田　園江…116
柴本ばっは…10, 33, 45, 56, 79, 107, 117, 129
嶋　健之祐…31, 68, 102, 114
下野　廣子…134
正信寺尚邦…33, 52, 63, 115
昭和の古屏風…20, 37, 49, 61, 94
新居　とも…93

す

杉谷　和雄…53
鈴木　栄子…31
鈴木　信輔…14, 30, 52, 59
鈴木ひさ子…51, 120
鈴木真理子…41, 87

せ

千田　祥三…17, 34, 56, 96, 109, 129

た

髙村　史夫…43, 56, 95, 103
多川　義一…23, 28, 68, 80, 87
高橋太一郎…53
田口　和代…74
たくみ…13
武智　三成…30
竹田りゅうき…79, 95, 101
田中由美子…16, 38, 48, 105, 120, 123, 127
谷川ユミ子…39, 85, 91
玉山　智子…116
俵谷　充乃…75

つ

辻井　博明…132
辻部さと子…12, 15, 69, 96, 117

て

寺村やよい…47
寺村　弥生…111

と

土井　智子…27, 34
富香…15, 34, 36, 88, 114
富田やす子…20, 29, 35, 99,110
富永　　茂…55, 85,133

な

内藤　栄治…98
内藤　光枝…19, 23, 37, 87
中井　　實…42
中道　敏子…135
仲村　周子…84, 89

に

西内　楢美…130
にっこりニコル…135
二村　厚司…12

ね

年梅　道子…124, 131

は

萩原　弘一…51, 65, 116
畑中ひろみ…89
畑中ひろ美…105, 131
原口　茂子…52
原田　正士…29, 57, 61, 64, 72, 92, 106, 111

作者索引

あ

浅野　　一…96, 99, 102, 117
安宅　和恵…46, 107
安達三八子…60, 63, 71, 95, 101
あまえんぼうはおばあちゃん…65, 84
雨森　茂喜…75, 83, 97, 98

い

井西　康郎…53, 74, 126
石田かね子…43, 97
石丸美砂子…75
一川　伸生…99
稲原　節子…16, 19, 65, 67, 107, 128
いなみ野福ちゃん…59
井上　文衛…86
岩本　京子…30, 54, 69, 73, 122

う

魚住　幸子…114, 120
梅谷　龍雄…115
梅村荘八郎…30

え

榎本　博之…38, 51, 52, 53
戎　　迪世…84, 89, 116, 133
江森ミチ子…37, 45, 66

お

大川すま子…98
大塚　久子…44, 83, 110, 121
荻野　浩子…19, 73, 75, 80, 103, 133,134
小田千津代…74
乙野　雅之…42
鬼　　　菊…134
小原　克治…11, 23

か

梶原　弘光…24, 35, 63, 67, 109
門真のたびじゃこ…11, 119
金子スエ子…30
亀山　　緑…49, 60, 98
枯葉…13, 21
河合　敏夫…74
河合　陽子…22, 50, 57, 69, 85,88, 91, 103, 117, 125
河内　菜遊…131
ガンコモ…17

き

北川ヤギエ…30
木村　俊博…47, 64, 83
琴　線　歌…31

く

國樹　清子…24
久米　穂酒…135

こ

児玉　暢夫…105, 123
駒居　春子…28, 41, 46, 55, 106

さ

早乙女忠司…25, 39, 117
堺の雅子…43, 53
坂上　淳司…93, 115
坂本　星雨…99
笹川　恭子…35

●著者略歴

西　美和子（にし・みわこ）

1945年愛媛県生まれ。川柳歴30年余り。1992年番傘川柳本社同人、常任幹事。番傘わかくさ川柳会副会長。NHK関西ラジオワイド川柳コーナー担当。大阪市今里「柳友会」講師。門真市「川柳円」担当。

西美和子の

とっておき川柳傑作選

○

2018年 4 月30日　初　版

著　者

西　美和子

発行人

松　岡　恭　子

発行所

新　葉　館　出　版

大阪市東成区玉津1丁目9-16 4F　〒537-0023

TEL06-4259-3777㈹　FAX06-4259-3888

http://shinyokan.jp/

印刷所

名鉄局印刷株式会社

○

定価はカバーに表示してあります。

ISBN978-4-86044-544-7